Lolita

二見遼

七月堂

目次

Lolita

龍になりしあなた

つくりこまれた清潔はどうしてこんなにも薄暗いのでしょうか
ときおり深く息を吐いて
そのたび少しずつ遠ざかる波の行き先
うっそりと開かれた眼が
魚の鱗のように曇っている

いきることはほどけてゆくことだ
肉体を形成するひかりの粒が少しずつ。
混濁する意識の中で帰途を探し彷徨する

龍をみました

紙の上にも、背中の上にも囚われない
ほんものの龍を
その尾ひれは冥途の砂をも無差別にかき分ける
その躍動を、ただ見つめていた

龍になりしあなたよ
教えてほしい
この罪の赦される場所
この愛の癒される場所
この疼きの救われる場所はあったか

わかれのため息たてがみをたなびかせ煙のように
気高く、ただひとり
あなたは、遠くの空に消えた

Lolita/vertu

目蓋をとじる　　繻子に飾られた寝台のうえ

月明かりのピルエット
assemblé soubresaut!
assemblé soubresaut!
pique arabesque chassé jeté entrelace!
熱に浮かされた哀れなバレリーナは
パニエに映る鏡あわせの亡霊たちとうっとりと手をあわせ
滑り落ちてゆく

ことりと残される血の滲むトウシューズ
複雑に
指に絡んだサテンのリボンをほどかれるとき嗅いだ
パパのシャツの白い襟元
馨しく艶めかしく、やや腐乱したような濃密な香りが
蝋燭のゆらめきの届かぬ闇の奥
ひっそりと蠢く気配がした

けれども
どこまでもつづく筆跡をたどるように一途で無知であることの危うさこそが美徳であると
聖なる少女は白いレースの袖を撫でた

Lolita/vice

目蓋をとじる　さしこむ朝陽に眼をやかれ

しとど落ちる血を舌でなぞりましょう
白磁の肌が荒野と化さぬよう
太陽が海と空とを分かつように。くるぶしまでの最短距離を切り裂いてゆく
その無能
影がおちる
羽を捥がれた貝殻骨のあらわなあわれさ
小瓶におしこめられた花びらが馨しく香るように

幽囚の海鳴りのはりつめた冷たさがひどく未発達な足を濡らした
埃にまみれ絡んだ髪が
蜜をたらす濁ったまなざしが
しだいに輪郭を帯びる夢想に耽溺することを彼は許すだろうか
悪徳は栄え、しかし根ざすことなく
待ちわびる崩壊を見つめひびわれた唇をゆがめる

とはいえ
迫りくる足音から逃げまどう自らが同じように不具であることを
望んだまま少女は

老兵

老いさらばえた雄牛の睫毛
震える指先が刃先をなぞる
月のあわいよ
昼にやかれる夜の
消えゆくさまを見よ
数多の吐息が蒼穹のもと

遠く
遠く
この耳にこだまする
射し込む陽光に曇る瞳が見つめるのは
あの花の枯れるころ
やせ細った茎を握りしめ
胎児のように丸まっていた
あなた

Без названия

白銀の大地に灼きついた鮮烈な赤
顫える指先を染め上げるロマノフの血よ
かつてモスクワの番人であったその亡霊は
寡婦の修道服を彷徨する
男たちの怒号は、降り積もる雪に掻き消えた
女たちの嘆きは、吹きすさぶ風が消し去った
誰もが予感していたのだ
硝煙に霞むペテルブルクを

汚らしい香具師の精液によって
拳を振り上げるわが同胞よ

ツァーリの冠は完全に地に堕ちた　　　ロマノフとともにあれ
われらの手で取り返すのだ　　　われらの手で守るのだ
誇り高きロシアを　　　美しきロシアを

　　この地を見下ろす神々よ
　　どうかわれらを見守り給え

憂国の士を　　　受け継がれる意志を
われらの血が染みこみ根を張ってこの祖国とともにあらんことを

革命が雪の大地を泥濘に変えても
断末魔の叫びが熱狂に溶け消えても
いつか忘れ去られるすべての者よ

小川のせせらぎは遅い春の息吹を知らせる
大きな双眸はやわらかく目覚める
この神々の地によって

ディスレクシアの単語帳

思い出せないほどに長い間、息を止めていた
褪せた色をまぶしく見つめ
胡蝶の睫毛をそっと盗む

——調律が必要なピアノの雷鳴

虚言を罪と断じることはできないから
　胡桃を割るのをずっと躊躇っているのだ
　　計画的にデザインされた利己的な遺伝子を隠す手立てなく
　　　ひなびた遺跡を夢見ている
　　　　原点を通る線分に隔てられた星たちはやはり出会ってはいけなかった

――口紅の赤が鮮烈だった

愛し、殺し、求めてきた記録を歴史と呼び
　叫びはついに祈りとなる
　　ことばの死に絶えたその後も
　　　歌を口ずさむ

――岩波文庫の虫食い頁

信仰を裏付ける懐疑がひどく
　胸を圧しつぶすことがあるだろう
　　日に日に蒼き頬のいろ
　　　穢れなき殺意の誕生

――わくらばの記憶よ

詩は生きていたのだ
　到着するその時まで
　　行きずりの女に名を与え
　　　かわりに末後の吐息を吹きかける

――永遠の梯子に

夜のように押し黙り
　金魚の尾ひれをもてあそぶ
　　剥がれ落ちるもの
　　　矢をもて祓う
　　　　鏡の虚像

――あるいは時として

内側に煮えたぎる血を感じることがあるだろう
　花ひらくように皮膚を食い破る血潮を
　　憎むことができなかった
　　　その代償が

黄ばんだ人々が群れをなす
忘れてしまった彼のゆくえを
取り戻すことは大河にしかできない
あの緋の果てに
眠る胎児の脈動を聞く
ことばがすべて守られぬ約束であることを
あの児だけが知っている

胎内めぐり

遠くで、海が燃えている。

慈愛に満ちた利己主義を受け止めきれずに
気がつくと、美徳が累々と
血だまりの奥深く
足を踏み入れていた

環状線を周回するうち削ぎ落されてゆく
この羽が
この腕が
この脚が

この眼が
文脈を形成する飛翔器官の墓標を飾る

淡く、柔く、駆け抜ける痛みに
愛してくれといまさら夢想し
にどと開かぬと決意して目蓋を縫い付けた
清潔で誠直ないとなみ
粘膜を直線的に切り裂き唾を吐く
許されざる相克

存在という欠落を、愛することなどできませんでした

喪失が陽だまりのなか微笑んだこと
長い髪が沈む影に浸され、うっそりとひろがりゆくこと
路傍の花を、泥になるまで踏みつぶしたこと

薄れゆく意識は
手放すまいと握りしめている

もしもいのちが
めぐり、めぐるものならば
彼女は

人類史

Ⅰ

ややこのくびをきゅっとひねり
ころしましたわたし
うすいまくにつつまれて
みゃくうっていたいのちのしぶきが
わたしのかおをぬらした
うらみのなまぐささが
ほおをつたっておちました

Ⅱ

そうして、世界ははじまりました。

分裂と増殖を繰り返し繰り返し繰り返し
少々増えすぎたわれわれは、抱きしめることをおぼえたのです。
ときには人魚の肉を喰い
ときには母の腹を裂き
ときには息子の首を捧げながら
崇拝するということにひどく焦がれた
炎熱の砂漠の雫
降り積もる雪の轍
燃える星の何故の瞬き
「神よなぜ僕を見捨て給うや?」
矛盾に問う、罰の行方を

太陽の死に方で占いました
ひかりの血しぶきをあげながら
日々劇的に死ぬ太陽
その下手人は
親殺しの罪を問われ
遠いどこかを逃げまどっている

Ⅲ

うすいまぶたにあこがれて
爪先でそっと切り出した
ある者の惑いと　なき者のかなしみ
羊水を漂うリボンに
すこしずつ痛みを教わった

電気的悲劇の明滅
憂鬱を統べる器官の継承
連綿と紡ぐ呪縛の復讐
あまねく美は死へと続いている
最後の断きは
「つぎがあるなら……」

Ⅳ

ある荒野で

男　「どうするんだろうな、これから。たった、ふたりで」
女　「ふたりでいれば、いつか四十七人のこどもができましょう」
男　「そうしたら、わたしたち、風船のようになってしまうけれども」

女　「風船になる前に、標本にしてもらえばいいんだわ」
男　「では、さっそく、今度はおまえのほうから」
女　「あら、バランスを考えれば、あなたからのほうがよいのではなくて」

――楽園

Blanc　〈パイプオルガンの調律〉
Blanc　〈少女が水を浴びている〉
Blanc　〈このページは先ほどまで存在していました〉
Blanc　〈先にシャワーを浴びてください〉
Blanc　〈世にも奇妙な〉

X

「少年はひとり、たったひとり、冷えた町をそぞろ歩き
煙は凍り、光の粒に、やがて彼方の星になる
『こうしてみると宙と地が、ひっくりかえったみたいだな』
宙は地面に、地面は宙に、
踏みしめた石畳がいつのまにやら
底なし沼の暗闇だ
コツカッカ　カツカッカ
『ぼくは駆ける、無数の星を飛び石に』
カツカッカ　コツカッカ
『白い額の、あの人を追い』」

少年の身体は、加速度的に重さを失ってゆく。二十一グラム！たったの二十一グラムだ、彼の身体を縛り付ける質量は。その重りを握りしめるのは、すでに輪郭だけになったあの女、記憶の中ではいつも清らかな微笑を浮かべている、と信じている女。

女は彼をちいさな桶から抱き上げた。桶の水は太陽のひかりを乱反射してダイヤモンドの断面のようにさまざまな色をしていた。あたたかく小さな、しかし精巧に造られた手にしっかりと支えられた彼の身体は、女の鼓動のリズムにのっとって、ゆらゆらと揺れ動いた。白い額に影を落とす、幾筋か垂れた黒い髪。うっすらと、墨をぼかしたような眉毛の弧。眩しそうに細めた瞳、頬にのびる慈愛の陰影——その瞬間に少年の人生ははじまったのである、急ぐ秋のあたたかな昼下がり。そのまなざしをうけたその瞬間に。

しかし次に目を覚ました時、女はどこにもいなかった。彼の目の前には、ただ『生活』のみがあった。生活！ときにそれは重苦しい響きをもってぼくたちの背にのしかかる。食いつぶすにしろ、後生大事にとっておくにしろ、それを背負うには少年の背はあまりに頼りない。縋るものが欲しかったのだ、迫りくる日常から逃げるように、彼は夜を渡り歩いた。だれかに会いたいと願いながら、誰にも会えないと知りながら……

海を眺め
遠くの流氷が燃えていることに気がついた。
ぱちぱちぎゅうぎゅうと鳴る海の悲鳴
かみさまに呼ばれているとふと思い立ち
町田駅のラブホテルを抜け出す
十六時五十分
部屋の中には、吸いさしの煙草とラブドールの明美さんが遺されている
外気は毛穴の締まるほど凍え、どこからか母の胸の匂いがした気がした。
慈愛を振りほどき、シリコンをなでさすって
無機質を愛した
有機物を憎んだ
よって木製の鳥居はおそろしく
コンクリート製を探し彷徨う

呼び声さらに高らかに、なぜか季節が巡っては死んでいた
この先水源一キロメートル
誘われ森の奥まで
闊歩
不眠症を疑い受診すると
驚くべきことに夢遊病だった
寝てる間に教祖になっていた
幾年めぐり、諸刃の剣
懐疑のないところに真の信仰はないというので
嘘ばかりを吐いてみる
求道者はその実共棲する腑抜けの細胞
唾棄すべきと糾弾し抱きしめては求愛する
魍魎どもの饗宴
あやうく世界を燃やし尽くすところで
またふと目覚める

十八時二十五分
となりで恋人が眠っている
寝息が桃色にくすんでいる
肩甲骨がいびつに波打っている
ソワレを見逃したことを悔やんで
つけまつげをそっとなでた

カストラート

末期のことばを
復讐と呼ぶにはあまりにつめたい
とおい昔の悲恋の歌は
くらやみを救ってはくれなかった
ぬくもりがまとわりついて離れない朝
光の痛みに眼を覚ます

つがえ　はりつめ　放つ
虚偽を切り裂く贋作の矢
熱の塊を包む柔肌の押し返す感触の
その一瞬のために死ねただろうか
ひかりを纏うのは
こくいっこく魂を削る者だけであるから
繋いでゆくことが

わたしにはどうしてもできないのだ
つがえ　はりつめ　放つ
それは香具師の最後の真実

告白

セーターの隙間からふれた肌はたとえばごみ捨て場のラブドール（だいたいにおいて回収日は守られず）零れ落ちる臓物がほころんだ毛糸のように可愛らしくありますようにと願った日がわたしにもあったのです。回収日ってあたしさっき言ったけれどラブドールっていったい何曜日に捨てれば骨も残らないほど綺麗に焼いてもらえるのでしょうねかわいいは呪いだわ舌の上に鏡の破片をのせてするキスの味を絶対忘れたくなかったのに人魚姫人形姫ライムライトに照らされる柔肌はニンフみたいに蒼いひかりを湛えて踊りだすの。熱い視線に削ぎ落とされた肢体はやがて溶け落ちてしまうからぼくたちは注意深くそれこそ小指の爪に曼荼羅を描くような慎重さをもってそれを封じ込めなくてはならないでしょう透明な硝子を幾重にも重ねたような孤独の果てやすらかに目蓋をとじる姿をうっとりとみつめるエゴイズムは必要不可欠である代わりに不可逆的な罪であることをよく知っている。

〈自覚してください、生きていることは等しく罰だということを。
ゆめゆめ死のうなどとは思わぬように。〉

あるいは《あなたの前だけよ》ということばは有限かつ限定的な約束の復唱であることは決して破ってはならない最終防衛ラインだということを忘れていたのです気取った喋り方台詞のようなことば選びその実痴呆のようなわたくしには難しいことはよくわからないけれどそれでもこの賭けに負けたんだってことだけは重々承知しておりますわ。幸福ではなく快楽を追求して生きてゆきたいのです消極的選択では結局永遠しか得られないことに誰もが素知らぬ顔をする。すなわち永遠とは探し続けることです人とすれ違ったときどこかで会ったような気がして思わず振り返ってしまうことがあるでしょう存在するともしないとも言えない待ち人をもっている人は信用できる思い出すために煙草を吸いはじめたこと煙に咳き込んで隣人に十九本を譲ってしまったことわたしだけが知っていればいいのです。

コペルニクス

おまえとわたしの孤独がけっして重ならないから
ぼくはあなたと手を取って回転し
えいえんを願うことができるのだと思う
あるいはきみの存在が否定されて
こくいっこく
砂塵に還る
そうしてわたしはあなたを祈る

睫毛の生え際をつつむまどろみを見つめ
ほそい葉のこすれる音を聞いた
とおくから近づいてくるものの正体をぼくは知っているけれど

それをきみにはなすことはないだろう
なすすべもない渇きに背を向けて
必要があるならばゆったりとしたきみの髪を抱えて逃げ出そう
痛みはかすかにまたたく
いつの日か近づくことができたなら
それはなんとおそろしくあたたかな夜明けであるか
抱きあい燃え落ちる一瞬の閃光
つかれはて爛熟した旅の終わりと
解き放たれた生命の胞子

ゆきたいところなど、ほかにはもう／
ぼくはただ沈黙していようと思う
六畳一間のちいさな宇宙でおこるひめごとを
すべてゆるして、塗り固めたガラスのうちに

じっと眺めていようと思う
透明は罰のいろ
ゆらめく美徳とエゴイズムの罪のいろ
ゆるすことは、刻み込むことだ

見紛うほどに処刑者は燦然と
頭上に浮かぶ冒瀆的なほほえみを照らしている
つみびとこぞりて
彼らの音楽が流刑地へと続く
目をふさぎ、耳を劈く
最後の明滅の、尽きる音を聞く

105号室

押し付けられたアメリカンスピリット
かさついた夜空に星屑がちらばる——ポルカドットの快楽
世界
は
振動
して
いる
深夜二時

うしみつの呪いが「あいしている」と囁いた
こぼれたサイダーから聞こえる潮騒
「だからおまえもくる
しんでくれなくっちゃ‼」

シンクからしたたる雫が
わすれがたない時を刻んで
ひ　ひ
し　し
と蝕まれるこの若き血潮の肉体に
意義などというものは　存在しているのだろうか？
若き日々は美しい（青春は美わし！）
なんて言葉は
祈りのような
呪縛のような

しかし白秋の鄙びた嘘だということは
この舌がよく知っている

ふりかえると、幼いわたしがこちらをじっと睨んでいます。
しっぽのとれたねこのぬいぐるみ
死屍累々のわたし

汚穢から這いあがる蝿は息も絶え絶え
ちいさな殺意をむけられ死んだ
けむくじゃらのいやにながい脚
メメント・モリ　メメント・モリ
死を（詩を）忘れるな
聖なるイエバエの亡骸

むかしむかし

四人を殺したあの男
時効が成立するわずか十分前に自首したらしい
「もうこの罪は誰にも裁かれない！」
「もうこの罪は誰にも赦されない！」

日増しに輪郭をはっきりとさせる恐怖からついに逃げきった
彼は、すべてから逃げきった
峭刻とした頬をたるませる安堵

ピアスホールから滲み出る膿を
ガーゼでそっとふきとりしらん顔でキスをしました
後にも先にもいけないのなら、いっそ沈んでしまえ
神さまは、きっとどうしようもない理不尽を恨むために存在している

ことりの囀るみどりの梢などいらなかった
カーテンの隙間から射し込む朝日にビビットな血を流した
これは、或る少女の物語
これは、わたしの物語

冬虫夏草

舌を這わす傷の生臭さだけがぼくたちのすべてだったポルカドットの背中は荒野のようで形而上学的良心が若干疼く感じもしなくない指で辿った星座は神話の誰かをかたどっているようだけれど紫煙と陶酔に霞んだ両眼ではそれはぐにゃぐにゃとまるでこどもが握りつぶした粘土のような感触でした首を締めたあの日きみが酸素を求めて咳き込んだあの瞬間にぼくの復讐ははじまったように思います救いを求めるような瞳がすごくすごく遠く感じられてああそうかぼ

くにはかみさまが居ないのだとふと気がついてしまったのだにっちもさっちもいかなくて沈んだ先にきっときみはいないのでしょうぼくの美わしい青春はどうやらひどくくだらないだからこそ意味があると思わせてください睫毛の生え際ぎりぎりまで余すところなく慈愛に満ちた眼差しを注いでほしいやわらかな耳たぶにあてたピアッサーに力を込めたときのその欲望が膿となって流れ出しているのでしょうか世界が閉じきってしまったあと射し込んでくる朝日にきみの荒野が照らされたときいちばんいとしさを感じますもしかすると家賃七万のこの小部屋でくりかえされる出来事こそが幸せという神話を形成する骨片なのではないか

と思えるからアメリカンスピリットの煙の
匂いが身体の奥に染みついて朝霧に濡れる
君の髪からもしっとりと同じ匂いが漂った

希望に血走る蒼き眼よ

せめて
病み引き攣れた荒野の表面
滞留し色を失う汗ばんだ熱が
手のひらに記憶を残す発疹が
すべて真実であるように

さしこむ朝陽は
予感した終焉をいくえにも塗り固め
退化を渇望した

喉にへばりつく忌々しさを秘密の甘さで黙殺せんと

やわらかな腿を二分する水平線は
自らが腐臭を放つ美徳であることを
やがて知るのだろうか

空虚な貞淑に縋り滑落

そぞろに吐き出した紫煙
くゆり
のたうち
微睡みを押し付ける澱んだ闇の中
高く高く、のぼってゆく
その行方へと

希望に血走る蒼き眼よ
透ける尾ひれをゆらめかせ

深く
ふかく
しずんでゆくがいい
反芻するたび憎み合う残り香のうち

希望に血走る蒼き眼よ！

夜鷹

――なおいとしくなぜる夜のけばだち

いきをきらして

つきあかりにやいばをてらす

あなたのかげをおいかけてしまうかぎり
わたしはわたしをゆるせないのだから
りょうてでつつんだあたたかなほほえみを
きゅっと
しめころしたくなる

それはわたしがとりいをくぐれない夜
ひとみをなくしたこどもたちのざわめく
ただひとりだけの夜

しんどうがからだをゆさぶるたびに
すこしずつ
あいはこぼれおちてしまうのでしょう
それならば
ぬりつぶすようによごれてしまいたい
するどいめをした鷹にみつからないように
こどもたちのささやきがにどときこえないように
わたしのめから夜がとけださないように
しゅうえんをつげるあさをまつ

くすぶるいたみの

へそのくぼみの
なみだのあとの
とわのいのりの

Vaseline

ひかりを拒むびいどろのきらめきに
ひどく憧れてしまった
こだまするこころの移ろい
行き場のない激情の残滓
こぼれおちる熱望の旅路
その罰をどうか与えてほしい
なでる指先のあたたかさに切り裂かれ
すこしずつ剥かれてゆく捥がれてゆく
形見をもとめて蠢く骨格の共鳴
ひそやかな痛みがやがてことばを死へとむかわせるとわたしは
わかって

それでも
涙のとろみにしがみついた
背を這う悔悟を受け入れてしまえば
夢想はやがて輪郭をおびるでしょうか
慈しみ深き聖女の嘆きはなおも深淵
しんしんちゅるり
帳にきえる肌のけばだち
荒れた毛並みを
たいらにならす
その温みに
なおもおののく
こくいっこく規定されゆくことを
屠ることだとは思わなくなっていたのです
まみれたからだと
そのうちにふるえる

幼いわたしのぬりつぶされた音を聞いた
あれはいくつのわたし
よっつ　いつつ　むっつ
思えばいつも泣いていた
あれはいくつのわたし
ななつ　やっつ　ここのつ
噛みしめた歯の欠片
在りし日の思い出をかみ砕き飲み下して
舌先の血の玉を
いつまでも忘れられずにいる

死んでなお燃える
消えてなお生きる
旅路の果てが荒野であるなら
手を取りしずんでいたいと思う

枯れて
渇く
すりきれて

ゆれて
またたく
とわのよる

零落

葉末の露は自らのおもみにたえられず、したたりおちゆく
ふるびた書架のような夏
老人の肌はなおもいのちをもとめて彷徨する
来るべくしておとずれる栄華の残響
めくればたちまち匂い立つ罪の香におののいて
驟雨の下
黄ばみ軋む前歯の震える
夕のいとなみ

傷口が膿を吐き出すように
太陽は夜闇を吐き出し死んでゆきました

母の膝のうえ遠く聞いた讃美歌の旋律が
おそろしくゆっくりと目を覚ますように
ひそやかな復讐と甘やかな悔恨を骨まで喰らう
張り裂ける柔肌の楚々とした肉感
やさしかった指先が宙を掻き
やがていびつにかたまってゆく

倒れ伏したのち炎熱にやかれ
ちぢこまる身体は胎児のように
長い旅路の果てのまほろば
月に抱かれ眠る日の夢よ
えいえんのような口づけは、なによりも耐え難い隔絶を意味していた

寄る辺なき者の歌

降り注ぐ雨にてのひらを
むきだしの肩にくちづけを
劈く孤独にまなざしを

舞い降りる鷹はその鋭い一閃をもって
やせた身体を掻き抱く
夜のしじまに遡り、奔走する羨望を
その和毛のうちに飼いならせ
永遠を恐怖しあこがれる残響
寄る辺なき者の歌

遠い遠い荒野の果てにふたつの骸が横たわる
風が吹くたび揺らめく罪の行く先は
こころが薄く剥かれるような眠れぬ晩の闇のなか

どうしようもなく、沈みゆくことを望んでいるのですね
鎖骨をなぞる指先がやがて食い込み、溶けあい、侵食するように
待ち受ける罰をも火にくべて抱きあう
互いの瞳に見逃さぬ閃光を
絡めた温みに閉じ込めて

収縮と膨張を繰り返す永久機関は
神をも恐れぬ楼閣を夢想する
重ねた手のわらべ歌

愛なき砂に復讐を

弛緩する頬に慟哭を
惑う意識に熱望を
寄る辺なき者の歌

花嫁

腐った食べ物と肖像写真が胸に詰まって
湿るとときおり臭います

灰の降る夜
目を閉じ、ここが海辺であると思い込む

息を吸って
フラスコの丸みを連想させる不均衡なよろめき
燃える朝陽の痛切は心臓
のみならず
その体温すらも透明にしてしまうので

ひとつずつ
背骨の数をかぞえる
こくいっこく
かたちを変える煙のぬくみに顔を沈める

ふぁさりとかけられる愛の放散からのがれられないのならせめて彫刻でありたかった

つなぎとめる死への飛沫
ひたいからほどけゆく粒子が
しだいに遠ざかる波にさらわれ
上向きの顎をつたった
ふしあわせを教えてほしい
みじかい眠りに誘われてなお
ちいさく
息を吐いて

あしたの夜はくらいでしょうか
あなたはわたしを愛さないけれど
わたしは
冬の夜霧の甘さを忘れられずにいる

水葬

死にゆくものに手をふりながら
どうしようもなくひとりだと
雨にうたれる朝があったか

幾度となく反復される別れに溺れ
這わせた唇の
次第にとけおち、色を失う、あおきうつせみ
虚偽をうみだす舌先
だからこそ切実であったもの

宙に吊るされた螺旋
静かなる回転
胡乱なる回転
加速する回転
まとわりつく肢体の痙攣
残香にすがる目蓋の収斂
突如としておとずれる甘き暗転
肌に残る愛撫の鱗片

神に愛されたものが呼吸するたび柔く発光するさまを
めしいはけしてみることができない

むきだしの肋骨には刹那的な秘密がふさわしく
刹那的な秘密に流し込む安物のウイスキーの悔恨の
うつくしいと言わざるをえない弛緩した慈愛

その醜悪
《はかない歓楽のあの一夜》にひとつでも真実はあったか
切れ長の明滅はひっそりと
上気した脆弱さだけが脳髄に揺蕩う鈍痛と一過性の幸福をおぼえている

中心からつたい流れる緋の川の
そのふもと
そっと
手を放して

帰郷

老人は空気圧で上下できるベッドの上に、静かに横たわっていた。

部屋中が、見舞いの花と伽羅の匂いで噎せ返るように甘く、しかし漂う死臭をごまかすことはできないようだった。むしろ、洗われたように白い百合の花は、彼の匂いによって腐乱しかけているように思えた。

老人の胸が、苦しげに波打っている。

女は老人の傍らで、じっとあばらの浮いた胸を見つめていた。

ふと目を覚まし、女の姿を認めた彼は嬉しそうに涙をこぼした。吐息がひどく生臭く、それがまだ彼が生きている証であると思った。来なければよかった。来てよかった。あいまいな笑みで羊皮紙のような肌をぬぐいながら、女は相反する感情を同時に抱いていた。

老人はふと、おもいで話をし始めた。ろれつの回らぬ舌では、聞き取れた言葉はそう多くなかったが、女は聞き返すことはしなかった。ただ頷いて、彼の手を握っていた。言葉が伝わらないことは、なによりも耐え難い隔絶であるからだ。すでに死の岸辺にいる老人にとって、女はきっと、生のかたまりだ。女の一挙手一投足が、生命の放散だ。老人に、生命との隔絶を、感じ取らせてはいけないと思った。老人と自分の間に流れる大河を、どうにか隠し通さねばならないと思った。それが虚しい努力であるということは、女も、おそらくは老人も、よく知っていた。なんとか聞き取れたのは、うつくしいおとぎ話のような、信じがたいものであったが、女はそのすべてが真実であると決めた。

数日の後、老人は死んだ。

すべてが予見された、幸福な死であるように思えた。しかし、女は、老人は今も彷徨っていると感じた。蠟のような亡骸は、こくいっこくと熱を失っていった。

火葬場で、エレベーターのような扉に吸い込まれてゆく棺を眺め、女ははじめて、少し泣いた。涙を乾かそうとバルコニーにでると、山の霞の向こう側に大分の街が一望できた。

「あれが国東半島だろうか」

ふと、親戚に話しかけられる。たぶん違うんじゃないかと言った。

煙突から漏れる煙が、雲に紛れて消えていった。

“Me” ssiah

「などて〈少女〉は神となりたまいしひとばしら」

彼女の発疹の広がる背中を撫でさするとき、龍のうろこを思い出します。伸ばされた手をすべて掬わんと千切れた魂は、なおも地上の砂を纏って彷徨っているのでしょうか。たてがみの柔らかさが、わたしと彼女を徐々に同化させてゆきます。ふたりの血液が入り混じり、お互いに流れ込んで、一つの身体に収束してゆく感覚。ことばの侵入を許さぬ領域が、身体の内に広がってゆく／「行く先を決めてください天でも地でもかまわない」生殺与奪を他者にゆだねる快楽を〈わたし〉だっていちどくらい味わってみたかった。食むような柔らかさに、ひかりふる温みに、肥大する憎悪が子宮をひどく痛ませるのです。梯子は手繰れど手繰れど無限に続き回帰を促す暗い穴の待ち受ける先にはただ復讐が鎮座していました。「もうだめなんよ。くるしくてくるしくて溺れてしまう。胸のなかにくらーい海があってな、わたしはどうしてもそっからでられんのや。お願いやけん助けて。ねえ、ねえ」死んでしまおうと助かるために藻掻けば藻掻くほど、指に誰かの髪が絡みついている、なんてのはよくある話。助けてなんてことばを吐き出せる人間は結局最後までたくましく生き残るのですよ。ご存じなかったでしょうが〈わたし〉だってあなたのように溺れてしまいそうなのです。そう、助けてほしいのはいつだって〈わたし〉のほうだ／あおい龍、海から出でて空高く上る、煙のごとく。幾人もの魂を背にのせ泳ぐあのあおい龍。その龍自身の魂は、いったい誰が救ってくれるというのでしょうか。清さも正しさもかなぐりすてて、強く気高く生きてゆく。その背の筋肉の、しなやかに脈打つ。ひとから獣へ獣から餓鬼へわたしたちのゆきさきが矢のごとくまわり続けるように、めぐり、めぐる、わたしが空をみる季節。ひとが神になる季節。

早朝、海辺について

灰色だとばかり思っていた海の音は
掬ってみるとどこまでも透明で
てのひらのうえ、ぴちぴちとはねる水が
わたしのおろかな戸惑いにさらされ
ゆっくりと零れ落ちていった
肉体を構成し共棲する細胞たちの
斯くまで脆く爽やかな
せいがひしめく

故郷と新宿駅を結ぶ線分をくぐった先には、とてつもないミスリードが

ひそんで
いる
迂回路を探しあぐねてかみちぎった唇
知らぬ間に
あたたかく生臭い
ちいさい頃ひどくおそれていた灰色のばけものの心臓は欠伸をするほどゆっくりと
脈を打っている
ことばより先に感情があふれ出す贅沢を
もう永いこと
わすれてしまっていた

陽光にきらめく水の
ひとつひとつ子細なまなざしが
眼を灼き、身体の内を揺蕩って

少しずつ、わたしの背丈をちぢめてゆく
帰り路が分からなくなってしまいました
道しるべの代わり結んだ糸を
しっかり握り、歩いてきたはずだったのに
潮騒のからんだ短い髪を、くしゃりとそっと揉んでみる
おぼえていますか。
シャッターをきった、顫える指先
他者に痕跡を残そうとする浅ましさを軽蔑し
あこがれていた
鴎の羽搏きがやせた頬を
ごし
と拭ってゆく

永い防波堤の先
水平線と同化せんと両腕を広げた少女は
そっと
母の骨を撒いた

インカレポエトリ叢書X
Lolita
二〇二一年五月三一日　発行
著　者　二見遼
発行者　知念明子
発行所　七月堂
〒一五六―〇〇四三　東京都世田谷区松原二―二六―六
電話　〇三―三三二五―五七一七
FAX　〇三―三三二五―五七三一
印刷　タイヨー美術印刷
製本　あいずみ製本

ISBN978-4-87944-449-3　C0092
乱丁本・落丁本はお取り替えいたします。